그의 노래

황금알 시인선 137
그의 노래

초판발행일 | 2016년 10월 31일

지은이 | 최일화
펴낸곳 | 도서출판 황금알
펴낸이 | 金永馥
선정위원 | 김영승 · 마종기 · 유안진 · 이수익
주간 | 김영탁
편집실장 | 조경숙
표지디자인 | 칼라박스
주소 | 03088 서울시 종로구 이화장2길 29-3, 104호(동숭동, 청기와빌라2차)
물류센타(직송 · 반품) | 100-272 서울시 중구 필동2가 124-6 1F
전화 | 02)2275-9171
팩스 | 02)2275-9172
이메일 | tibet21@hanmail.net
홈페이지 | http://goldegg21.com
출판등록 | 2003년 03월 26일(제300-2003-230호)

ⓒ2016 최일화 & Gold Egg Publishing Company Printed in Korea

ISBN 979-11-86547-46-5-03810

*이 시집은 인천문화재단과 한국문화예술위원회 지역협력형사업으로 선정되어
  발간하였습니다.
*이 도서의 국립중앙도서관 출판예정도서목록(CIP)은 서지정보유통지원시스템
  홈페이지(http://seoji.nl.go.kr)와 국가자료공동목록시스템(http://www.nl.
  go.kr/kolisnet)에서 이용하실 수 있습니다.(CIP제어번호: CIP2016025028)

그의 노래

최일화 시집

황금알

시는 상처에서 피는 꽃
상처마다 나는 꽃을 피웠다.

세상은 내게 상처를 주었지만
꽃으로 피어나도록 온기와 물도 주었다.

아름다움은 진실의 다른 이름
진실은 시가 피어나는 바탕이다.

때로는 모순이
진리가 되기도 하지만……

2016. 여름
최일화

차 례

1부

2부

3부

4부

1부

열세 살

열세 살 적에 할아버지는 돌아가셨다.
할아버지 손을 잡고 입학해 나는 일 학년이 되었다.
보답으로 졸업식 때 군수상을 타 궤연几筵에 올려드렸다.

손녀딸을 데리고 마실을 다니던 어머니
손녀딸 졸업식 때 손녀딸과 함께 마지막 사진을 찍으
셨다.
튼튼한 증손주를 낳아 딸은 할머니 은혜에 보답했다.

열세 살 적 눈으로 내가 할아버지를 보아왔듯이
열세 살 적 마음으로 딸은 할머니를 기억할 것이다.

열세 살 적 마음 그 마음은
기도하지 않아도 기도하는 마음
노래하지 않아도 언제나 노래하는 마음.

씨앗

용이 되지 못한 이무기처럼 씨앗 몇 개 맺지 못하고 저승으로 떠나지는 마시길 가난에 찌들고 죄악에 빠져 허우적거려도 씨앗 몇 개 햇살에 익혀 이승의 한 모퉁이에 남겨 놓으시길.

먼 훗날 무심히 낮잠 결에 우연히 올려다 본 그 씨앗을 심어 싹이 트고 잎이 돋는 어느 봄날 후손은 그곳에서 한 그루 푸른 신앙을 발견하리.

삶이 진흙구덩이 아귀다툼이더라도 먼 훗날 싹이 돋을 씨앗 몇 개 가을 햇살에 익혀 쪽방 시렁에 얹어놓고 하직하시기를.

정류장 풍경

마을버스가 지나가는 정류장 의자에
전깃줄에 참새들처럼
날개를 접고 앉아 있는 할머니들.

바람이 불 때마다 깃털을 날리며
한 곳을 바라보는 참새들처럼
버스가 섰다가 떠날 때마다
출입문 쪽을 일제히 바라보며 앉아있네.

틀니를 빼놓고 나와 앉아 있는
합죽이 할머니도 있네.
날개를 다친 참새처럼
할머니 하나는 지팡이를 짚고 앉아 있네.

할아버지 하나가 조금 떨어진 곳에
강남에서 온 제비처럼 앉아 있네.

바람 모서리

열여섯 살 무렵 한 소녀에게 밤을 새워 편지를 썼다. 장차 남편감으로 저울질을 해보다가 마음에 차지 않아 답장을 그만 포기했을 것이다.

그 일로 여자란 답장을 해주지 않는다는 믿음을 나는 갖게 되었고 그때 씨앗 하나를 그녀의 텃밭에 떨어트리고 돌아섰던 것인데 만약에 시의 씨앗이 아니라 다른 씨앗을 떨어트렸다면 내 인생은 달라졌을 것이다.

자기의 텃밭에 시가 싹터 자라는 줄도 모르고 그녀는 시야에서 사라져 종적을 감추었다. 그녀가 답장을 해줬더라면 돌밭에 떨어진 씨앗처럼 나의 시는 금세 시들어 버렸을 것이다.

아버지가 객지에 나가 딴 살림을 차린 것과 내 편지에 그녀가 답장을 하지 않았다는 사실에 어떤 상관관계가 있는지는 모르겠으나 대체로 그런 바람 모서리를 돌며 내가 자랐고 내 시가 싹 텄다는 걸 이제 부인할 수도 없다.

문상

지난 팔월 창영이가 죽었다.
오랫동안 알츠하이머로 고생하다가
눈을 감았다.
장례식장엔 맏아들과 미망인이
조문객을 맞고 있었다.
국화 한 송이 영전에 바치고
친구의 영정 사진을 바라보았다.
지난날이 떠올랐다.
창영이 공부방도
창영이 할아버지 수염도 생각났다.
창영아, 이렇게 만나는구나.
이젠 아프지 마라 하고 돌아서다가
창영이 마누라와 맏아들과 마주쳤다.
아무 말도 못 하고
목례만 하고 방으로 들어갔더니
많은 친구들이 술을 마시고 있었다.

찔레꽃

동무들이 낳고 자란 고향은
동무들이 떠나고 돌아오지 않아
밭두렁에 꽃들만 지천이다.

푸른 산을 병풍처럼 둘러 세우고
온갖 꽃으로 치장하고 동무들을 키웠는데
소식도 없는 동무 생각에 논두렁에 봄볕이 호젓하다.

할아버지 고향은 서해바닷가
할아버지는 할아버지의 고향을 떠나
산새처럼 외로운 나의 고향을 만들었다.

옛날얘기처럼 잊히고야 말 나의 고향
멀리 떠나 늙어가는 동무들이 안쓰러워
찔레꽃 하얗게 피워놓고 고향은 짙푸르다.

나쁜 가게

인도 카주라호 지방을 여행하다가
한 인도 아이를 만났어요.
그는 우리를 나쁜 가게로 이끌었어요.
저기 나쁜 가게 있어요.
우리 나쁜 가게로 가요, 빨리 가요.
바가지를 씌우는 가게를 골탕먹이려고
누군가 그 아이에게 한국말을 가르쳐줬나 봐요.
우리는 그 아이를 피해서
다른 가게로 갔어요.
나쁜 가게로 가자며 자꾸 졸라댔지만
아무도 그를 따라 가지 않았어요.
바가지를 씌우다가 큰코다친
카주라호의 나쁜 가게
좋은 가게라고 가르쳐주고 싶었지만
가르쳐주지 않았어요.
마음이 아팠지만 가르쳐주지 않았어요.

환患

중심이 둘이면 근심이 된다. 남쪽 바다를 축으로 하나의 중심. 북쪽 하늘을 축으로 또 하나의 중심. 두 개의 중심에 시달리다가 쓰러졌다. 거처를 옮겨 그는 이제 저승에서 흔들릴 것이다. 흔들리는 저승의 그를 위하여 세상엔 얼마나 많은 꽃들이 피어야 할까. 얼마나 많은 저녁 햇살이 내려야 할까. 노을처럼 곱게 그가 물들기 위해서 얼마나 오랫동안 새벽 종소리처럼 이승은 고요해야 할까.

용납

두 사람은 서로 어색하였다.
여자가 어서 친정으로 가든지
남자가 어서 딴살림을 차려야 할 것 같았다.
결국 남자가 딴살림을 차리고
평생을 남남처럼 살다가
여자는 하늘의 문 묘지에 남자는 공원묘지에 묻혔다.
남자는 여자의 아들에게도
원죄를 혼자 짊어진 사람 같았다.
이승이 두 사람을 참 어색하게 만들어 놓았다.
갑자기 떠오르는 모순이라는 말.
남자와 여자의 모순
부모와 자식의 모순.
객지에 나가 딴살림을 차린 지아비로
일평생 지아비와 남남으로 산 지어미로
그렇게 이제는 두 분 용납하실 것이다.
두 분 사이에
실낱같은 인연이라도 있었다면
그건 나도 모를 일
이제 두 분 모두 떠나고

그렇게 두 분 용납하셨으니
산새처럼 외로운 여자의 아들도 용납하시길.
시간이 많이 지나간 후에라도
한 피조물의 간절했던 삶으로 용납하시길.

성난 바람

나는 나를 불쌍한 사람이라고 생각하지 않지만
사람은 누구나 불쌍한 사람이 될 수도 있는 것이다.
시도 때도 없이 날아오는
불쌍한 사람으로 보려는 시선을 나는 물리쳤다.

불쌍하지 않은 사람을
함부로 불쌍한 사람으로 보려고 하지 않았는지
나는 반성한다.

아버지가 객지에 나가 다른 여자 편만 들으며 살고
평생을 애비 없는 음지에서만 살았으니
너는 불쌍한 놈이 아니냐며 깔보려는 사람이 있어서
까딱하면 나는 불쌍한 놈이 될 뻔했다.

야생마처럼 울부짖으며
까마득한 광야를 성난 바람으로 달려 왔지만
하늘이 옆에서 내 편을 들어주지 않았으면
나는 벌써 불쌍한 놈이 되고도 남았을 것이다.

갯벌공원 걸으며

네 숨어 있는 눈물을 발견하고 하소연할 데 없는 네 억울함을 한 송이 풀꽃을 보며 알아낸다.

내 마음 속 쓸쓸함의 기원과 오래 여물어 열매가 된 무성한 갈등의 씨앗을 자맥질하는 야생 오리의 눈망울에서 찾아낸다.

네 눈물과 내 쓸쓸함의 기원이 다르지 않고 네 억울함과 내 비애의 근원이 같다는 걸, 모순이 또 하나 진리라는 걸 무심히 흘러가는 구름을 보며 알아낸다.

결별이 자유가 되고 망각이 사랑이 되는 역설을 확인하며 고뇌하는 또 하나의 나를 옷자락을 나부끼는 바람 속에서 비워낸다.

길가에 봄풀 돋아나고 철새는 다시 돌아올 것이다. 네 눈물의 시공에도 내 쓸쓸함의 영토에도 철 따라 꽃은 피고 또 꽃은 질 것이다.

열 개의 섬

열 명의 사람이
떡만두국을 먹고 있다.
똑같은 가격의
똑같은 그릇 똑같은 국물 맛의
같은 요리사가 만들어
같은 종업원이 배달한
떡만둣국을 먹고 있다.
열 명의 사람 중엔
눈을 맞으며 온 젊은이도 있고
빨간 가방을 메고 온 아가씨와
야구모자를 살짝 머리에 얹은 아가씨가 마주 앉아 있고
처음 연애편지를 써본 눈썹이 새까만 남학생과
연애편지를 아직 써보지 못한 친구가 같이 앉아 있고
첫 휴가 나온 이등병도 둘이 앉아 있고
할머니와 함께 온 손자도 나란히 앉아 있다.
열 명의 사람 중엔
서로 아는 사람
모르는 사람
어디서 본 듯한 사람도 있다.

밖에는 찬바람이 불고
열 명의 사람이
따끈한 떡만둣국을 먹고 있지만
열 명 모두
열 개의 섬이다.
열 개의 바다에 둘러싸인
모양이 다른 열 개의 섬이
호호 불어가며 떡만둣국을 먹고 있다.

오누이

저녁 어스름에
귀가하던 노파의 발걸음을 초저녁별이 길동무하고
거동은 못하고
붉은 저녁노을 창문으로나 바라보던 구십 노인의 외로
움을
멀리서 초승달이 말동무하네.

이제 가야할 때가 되었다는 듯
노파는 길을 떠나고
고향을 찾아 나서듯 구십 노인도 홀연 떠나고

두 분 다시 만나
오누이처럼이나 지내시길.
동태찌개랑 같이 식사라도 하고
소꿉놀이 같던 옛날얘기도 하며 지내시기를.

노제

친구의 품에 안겨
영정사진 하나가 교문으로 들어선다.
안경을 끼고 교복을 입었다.

무거운 가방을 메고
매일 터벅터벅 등교하던 길
오늘은 친구들과 어울려 마지막 등교하는 날.

교장 선생님이 따라가고
담임선생님이 시무룩하게 따라가고
늙은 경비원이 경비실에 서서 유리창으로 행렬을 내다
보고

한 식경이 지나 행렬이 다시 나가고
학교 울타리엔
검은 상장喪章처럼 개나리는 피어있고.

나성에 가면

참새가 있다네.
정원에 수영장은 하나같이 파랗고
한자 간판이 즐비하다네.
미세먼지와
교통체증과
울타리 옆에 아메리카 백일홍
파리 떼 모여드는 골목에
라틴 아메리카 아이들
제일 맛있는 판모밀을 지하식당에서 맛보았네.

서울에 가면
창경궁 담장이 나를 반기네.
나의 집은 서울에 없네.
젊은 날의 추억은 빛바래고
골목은 사라지고
옛사랑의 흔적 희미하고 아득하네.

권태로운 오후
익숙하면 뭐든 시시해지지.

브로드웨이도
할리우드 블러버드 거리도
오후가 되면 금세 지루해지지.
신설동 로터리에
오래된 다원제과 없어졌네.

선한 것은 보이지 않고
보이지 않는 곳에 길은 있다네.

2부

추수의 계절

시를 쓰고 싶어도 쓸 수 없었다. 곳간에 알곡을 먼저
채워 겨울 채비를 하라는 넘어야 할 장벽에 굳게 대비하
라는 귀띔이었다. 각고의 시간이 지나 바야흐로 추수의
계절 무수하게 파종된 시의 밭으로 나가 영근 이삭을 거
두라는 나직한 목소리 지게는 사립문 옆에 세워져 있고
낮은 지게 위에 놓여 있다. 오랜 방황과 인고의 열매
를 이제 따야 할 때 바야흐로 황금빛 열매 거두어야 할
때.

아버지의 잠바

이승의 삶을 정리하는 망백의 아버지
겨울 잠바를 내게 주었다.
멋을 내며 입고 다녔을 검정색 잠바.
추운 어깨에 함박눈이 쌓이고
국밥집 난로 옆에서 불을 쬐기도 했을,
단추가 잘못 끼워진 잠바를 입고
삐뚜름한 궤적을 그리며 살아온 일생.
편안하게 우주의 중심에 잠 이루지 못하고
길 잃은 철새처럼
객지를 떠돌며 뒤척였을 한데 잠.
따뜻하게 겨울을 나라고
반듯하게 단추를 끼우고 세상을 살라고
당신이 입던 잠바를 회한처럼 건넨 아버지.
자꾸 마음이 시려오는 초겨울
유행 지난 아버지의 겨울 잠바를 입고
지난했던 한 생애의 궤적을 잠시 따라가 본다.

들국화

업무가 끝나자마자 찾아뵙는 것이 도리이지만 1차원의 효도가 아니라 4차원의 효도를 해야 해서 명절이면 제일 먼저 찾아가 뵙는 것이 효도이지만 찾아가지 않는 것이 또 4차원의 효도이기 때문에,

효도와 불효의 절묘한 경계 세상의 눈으로 보면 불효인데 노인의 관점에서 보면 효도가 되는 노인의 관점에서 보면 불효인데 세상의 관점에서 보면 효도가 되는,

나도 기저귀를 갈아드리고 싶다 망백의 노인 부축하여 사타구니를 닦아드리고 늙은 불알과 쭈글쭈글한 고추에 비누칠을 하여 골고루 씻겨드리고 싶다.

거액을 투자하여 1차원의 효도를 확보한 노인은 노구를 의탁하는 것 하나로 4차원의 효도는 이제 잊어야 할 때 자의반 타의반으로 쌓아 올린 인생을 고요히 허물어야 할 때.

고산준령에나 피워야 할 한 송이 효도 걸어가야 할 가

파른 고갯길 굽이굽이 돌아가는 산길에 지천으로 피어 있는 노란 들국화.

알츠하이머

제일 친한 친구 제대할 때
제일 먼저 달려가 악수하고 술을 마셨네.
제일 친한 친구 죽으면
제일 친한 친구는 세상에 없네.
제일 친한 친구가 나를 알아보지 못하네.
이제 어디 가서 제일 친한 친구와 점심을 먹나.
이 늘그막에 어디 가서
제일 친한 친구를 새로 만나나.
인천대공원에 가도 제일 친한 친구는 없고
소래포구 어시장엘 가도 제일 친한 친구는 없고
제일 친한 친구 없으니
나는 제일 친한 친구도 없는 사람.
제일 친한 친구 없는 무더운 여름
해물 안주 한 접시로 혼자 소주를 먹네.

살림

수챗구멍에
뜨거운 물을 얼른 붓지 않는
그 마음이라야
패랭이꽃도 환하게 피고
빨랫줄의 제비도
마음 놓고 새끼를 칠 수 있는 것이지.

응달 모퉁이에
죽어가는 화분
양지쪽으로 옮겨
함께 볕을 쬐는 그 손길이라야
겨울 참새들에게
모이라도 한 줌 뿌려 줄 수 있는 것이지.

그의 노래

늘 있던 그 자리에
그의 약속이 있는 줄 알았다.
바람이 불고 눈비가 내려도
가뭄이 들고 홍수가 나도
늘 그 자리에 그의 맹세가 있는 줄 알았다.
천 년 만 년 세월이 흘러도
해가 뜨고 달이 밝은 그 자리에
그의 언어가 옛날의 빛깔로 있을 줄 알았다.
푸르렀던 그의 사상이
멀리 떠나가지 않고
푸른 산을 배경으로 거기 그대로 있을 줄 알았다.
오랜 장마에도 끄떡없던 그의 노래
강풍이 몰아치고 흙먼지 날려도
언제나 들녘을 가로질러 들려올 줄 알았다.
창가에 앉아 옛날의 노래를 부른다.
검은 구름이 하늘을 덮고
온 세상이 어둠에 잠길 때도
산을 넘고 강을 건너
그의 노래 언제나 들려 올 줄 알았다.

별 하나

길을 잃고 그는
낯선 곳에서 헤매고

그에게 이르는 길을
나는 끝내 찾지 못하고

그의 길처럼
나의 길처럼
서로가 찾지 못한 그 길처럼

멀리서 반짝이는
낯익은 별 하나

노을 속으로

위엄을 갖추고
세상을 포용하며
너그럽게 살고 싶었지만

쓸쓸하던 낯빛
초라하던 의자
아무에게도
본심을 내보이지 못하고

있는 듯 없는 듯
아는 듯 모르는 듯 살다가
그냥 돌아간 사람

바닷새처럼
하늘을 선회하다가
노을 속으로
멀리 날아간 사람

시인도 이런 델 다 오십니까

한 사무실로 지인을 찾아갔는데
시인도 이런 델 다 오십니까 인사를 하더란다.
나중에 그 인사말이 떠올라
그럼, 하루에 몇 번씩 화장실도 가는데, 혼잣말을 했
다던가.
고인이 된 한 원로시인의 농이었다.

밥벌이와 시는 상극이지만
시는 상극에서 태어난다.
시인들의 세상이 아닌 이 세상에서
가난과 울분이 삶을 괴롭힐 때라도
모든 것이 자기의 것인 양 시인은 시를 쓴다.

세상과 어울리면 시가 반발하고
시와 어울리면 세상에게 조롱당하는 이율배반
세상의 한가운데에서 시는 태어난다.
시의 밭에서 밥벌이를 하고
밥벌이의 진흙탕 속에서 연꽃을 피워낸다.

모르는 사람끼리

온종일 모르는 사람과 산다.
낯선 사람과 나란히 버스에 앉아 털털거리고
모르는 사람과 마트에서 토마토를 고른다.
초등학교 친구들은 먼 곳에 살고 전방부대 전우는 연락이 끊겼다.
함께 연을 날리던 어릴 적 친구나
날고구마 같이 깎아 먹던 이웃사촌은 소식을 모른다.
날마다 사람을 만나 같이 점심을 먹고
낯익은 사람처럼 잠시 수다를 떨지만
금세 우리는 모르는 사람이 된다.
세탁소 아저씨와 얘기를 주고받고
동네 이발사와 잠시 세상을 욕하다가도
금세 모르는 사람이 된다.
의사와 환자로 잠시 아는 사이 되었다가
간호사와 환자로 한가족처럼 지내다가
퇴원하자마자 금세 모르는 사람이 된다.
가까이 지내던 사람도 낯선 사람 되고
술을 먹으며 허물없던 사람도 어느새 모르는 사람이
된다.

낯선 세상이 점점 익숙한 세상 되었다가
익숙했던 세상이 다시 낯선 세상 된다.

미필적 고의

미필적 고의가 저승으로 떠났다.

어지러운 흔적 남겨놓고 미필적 고의로 일관하던 사람
들이 떠났다.

명복은 빌어줄 수 있을 때 빌어주는 것이다.

미필적 고의로 일관한 사람들에겐 명복을 빌어주는 것
이 아니다.

미필적 고의는 죄악의 세계에서만 시민권이 있다.

이승의 구석구석에 눈물은 맺혀 있다.

비바람에도 합장合掌으로도 지워지지 않는 저 흔적.

검붉은 흔적만 남아 있을 뿐

다만 편견의 틈새에서 한 가닥 빛이 솟아날 수 있기를

미필적 고의가 한 가닥 미필적 고의가 아닐 수 있기
를, 기적처럼 미필적 고의가 아닐 수 있기를.

늙은 여왕이 있는 풍경

지팡이를 짚고
절룩절룩 봄볕을 쬐러 나오는 할머니가 있어
정이월 찬 바람에도 고향이 따뜻하다.

혼자 텃밭을 가꾸고
아궁이에 군불 지피는 할머니가 있어
시골집엔 여전히 제비가 둥지를 튼다.

뽕나무밭이 바다가 되었어도
담장에 호박 넝쿨 올리는 할머니가 있어
앞마당엔 봉숭아꽃도 여름내 핀다.

호박 넝쿨과 제비
텃밭과 봉숭아꽃을 거느린 할머니는
오래된 나라를 다스리는 늙은 여왕이다.

이웃집 얘기

큰 자식하고
작은 자식이
대를 이어서 싸우고 있다.
애비 에미 다 죽었는데도 싸우고 있다.

바람을 피운다는 건 그런 것이다.
멋모르고 바람을 피우고 나니 그런 일이 생기는 것이다.

큰 자식은
지가 잘났다고 큰소리치고
작은 자식은
지가 더 돈이 많다고 거들먹거리고
큰 자식은
어떻게 빌딩 두 개를 너 혼자 다 갖느냐고 따지고 들고
작은 자식은
벌써 이십팔 년 전에 세금 다 내고 증여받은 것이라며
느물거린다.

큰 자식은

체면이 말이 아니라고 투덜거리고
작은 자식은
쌈짓돈 한 푼이라도 새나갈까봐 필사적이다.

에이, 똥 같은 놈들
배다른 놈들이
옆에서 여간 시끄러운 게 아니다.
이웃집 얘기다.

식어가고 있다

조금씩 식어가고 있다.
삼십삼 년 뜨거웠던 것이 식어가고 있다.
봄 여름 가을 겨울 지나가면서
교문을 드나들던 아이들 얼굴이 잊혀지면서
저녁별이 떠오르고
아침 해가 솟아나면서
삼십삼 년 뜨겁던 것이 미지근해지고 있다.
미지근해지는 것 옆에서
다시 뜨거워지는 것이 있다.
그 옛날의 것이 아닌 것이 점점 뜨거워지다가
옛날에 뜨거웠던 것과
새로 뜨거워지는 것이
서로 엇비슷하게 뜨거워지다가
마침내 새로 뜨거워지는 것이 더 뜨거워지고 있다.
새로 뜨거워지는 것도
결국 다시 미지근하게 될 것이다.
미지근해지다가 다시 식을 때까지
뜨거워지는 것은 계속 뜨거워질 것이다.

일 년

낮과 밤이 같아졌다가
일분씩 일분 정도씩 길어지는 낮

가장 긴 낮이 하루
가장 짧은 밤이 하루

가장 긴 밤이 하루
가장 짧은 낮이 하루

낮과 밤이 같아졌다가
일분씩 일분 정도씩 길어지는 밤

설날 지나면 추석
추석 지나면 설날을 기다렸네.

너를 만났을 땐
낮이 밤보다 길었었지.

너와 헤어질 땐
밤이 낮보다 길었었네.

3부

억새풀의 노래

연애를 해보려고 하이네의 시를 읽었다. 연애는 성사되지 않았다. 다시는 만날 수 없던 연애, 세월의 강을 건너 다시 찾았지만 연애의 모습을 만날 수는 없었다. 연애가 떠난 자리엔 하염없이 들꽃이 피고 갈대 나부끼고 적막한 바닷가를 거닐던 어느 날 가을바람 불고 낙엽 흩날리던 어느 날 세상 어디에도 없던 연애가 보이기 시작했다. 무서리를 하얗게 머리에 이고 피어난 꽃 먼 길 돌아온 연애의 요염한 몸짓이라니 겨울 철새 날아드는 들판에 하얀 억새꽃 울긋불긋 가을 산의 풍경 속으로 울리던 노래 연애는 비로소 적나라한 민낯을 보여주었다. 이승의 한 모퉁이가 환히 빛났다.

나의 후손

백 년이 지난 그때에도 인천성모병원 수납대는 딩동딩동 환자들을 부르고 721번 시내버스는 만월산 터널을 지나 병원 앞에 승객들 내려놓고 덜컹 문을 닫고 출발할까.

나는 이념이 대결하던 시대의 시인 나의 후손은 영어 선생을 하고 시를 쓰고 먼 옛날의 나는 소래산 능선 위에 한 송이 흰 구름으로나 흐르고 먼 훗날 영어 선생들 둘러앉아 저녁 식사를 할 때 술잔을 들며 외로운 시인들 바다를 바라볼 때 출렁이는 저녁 바다에 금빛 햇살로나 반짝일까 서해 어느 조용한 섬에 한 송이 해당화로나 나는 피어 있을까.

사월 어느 날 사람들 길게 줄을 서서 고해성사를 기다릴 때.

노인과 땡감

백발노인이 지팡이를 짚고
절룩절룩 가고
나는 저만치 떨어져 터덜터덜
노인의 뒤를 걷고 있다.

갑자기 노인이
반듯하게 몸을 세우더니
지팡이를 높이 들어 힘껏 내리친다.
무엇인가 박살이 나면서 날아간다.

가까이 가서 보니
여기저기 떨어져 있는 땡감
나도 왕년에 골프깨나 쳤다고
마음은 지금도 청춘이라고

노인은 다시
절룩절룩 앞서서 가고
나는 터덜터덜 노인의 뒤를 따라 걸었다.
초가을 바람이

나를 앞지르고 노인을 앞질러
저만치 내달리고 있었다.

동향同鄉

팔십이 넘은 노인은
총선에서 낙선했던 아무개와 그 집안 내력을 알고 있
었고
아무개 시인이 그 후보의 아우라는 것도 알고 있었다.

방은 냉골이었다.
딸을 서울로 전학시키려고
이리 뛰고 저리 뛰던 일을 회상하며 눈시울을 붉혔다.
수도관 매설 공사로 한 때는 큰돈을 만져보기도 했다
고.
아내와는 사별하고 아들 형제는 연락도 없고
선산에 모신 부모님 산소 벌초는 친척들이 해줄 것이
라며 말끝을 흐렸다.

모시고 나가 칼국수라도 한 그릇 사드릴 걸
애써 누르며 방문을 나설 때
휙 몰아치던 찬바람, 고향은 이렇게 뿔뿔이 흩어져 인
천 만수동 지하방까지 흘러들었다.

동향이라는 말에
실낱같은 희망을 걸어보기도 했을
따뜻한 온기가 잠시 가슴에 돌기도 했을
잠시 말동무하고 나오는 나의 등 뒤로 금방이라도 쏟
아질 것 같던 노인의 눈물.

갯고랑

호수가 얼어
오리들은 갯고랑으로 피난 왔다.
피난살이 하면서도 싸움질이다.

나도 갯고랑으로 피난 왔었다.
해 저무는 물가에 혼자 앉아서
마른 풀잎을 물에 던지며 피난살이를 했다.

오리와 햇볕이 노는 갯고랑에
노루 한 마리
우두커니 서 있다간 가고
봄은 멀어 갈대밭 하염없이 희다.

길들여지다

그녀는 그에게 길들여지지 않았다.
그녀에게 그도 길들여지지 않았다.
폭풍우의 밤이 지나고
꽃이 지고 잎이 다 떨어지고 난 뒤에야
서로에게 서로가 길들었다는 걸 알았다.
같이 콩밭을 매고 별을 세며
길들여지진 않았지만
먼 하늘과 먼 바다가 길들여지듯이
떨어져 보낸 그 세월만큼 무심하게 길들여지고
길들여지지 않은 듯이 길들여졌다.
지상의 바람에 길들여지기도 하지만
천상의 노래에 우리는 길들여지기도 한다.
우리는 모두 무엇인가에 길들여진다.
보이지 않고 들리지 않는 것에
아무도 모르게 길들여지기도 한다.

달포 후

잘 왔다.

노인의 목소리가
젖어 있었다.

갈래?

노인의 눈빛에
회한이 묻어났다.

내외는
노인의 손을 잡아드렸다.

달포 후
노인은 세상을 떴다.

부스러기

말의 부스러기를 줍는다. 여기저기 낙곡처럼 흩어진 말. 송곳처럼 찌르던 말. 시퍼렇게 제풀에 멍이 들어 쏟아지던 말. 하고 싶은 말 다 못하고 얼버무리다 떨어트린 말. 말의 주인이 떠난 후 그 부스러기를 모아 집 한 채 짓는다. 따뜻한 방도 한 칸 들이고 바람이 깃들 대청도 하나 만든다. 흩어진 말로 기둥을 세우고 얼버무리다 떨어트린 말로 지붕을 얹으며 눈 쌓인 언덕에 겨우내 사원 하나 짓는다.

오래된 싸움

참 오래 다투어 왔다.
내 안엔 두 마리 동물이 산다.
종달새는 푸른 날개로 날아오르고
흑표범은 물어 뜯어라 이빨을 드러내고
종달새의 노래가 끝나면 흑표범이 으르렁대고
흑표범의 포효가 끝나면 천상의 노래가 들려온다.
나는 종달새를 사랑하고 흑표범을 신뢰한다.
종달새가 오랜 세월 노래 부르고
흑표범이 오랜 세월 포효를 해도 세상은 변하지 않는다.
원수를 사랑하는 길밖에 이제 없다.
영원히 용서하기 위해
영원히 결별하는 것도 사랑의 길이다.
대지의 흑표범과 하늘의 종달새
그 충성스러움에 나는 목이 멘다.
내 안엔 두 마리 충직한 동물이 산다.

판모밀

첫 시집을 낸지 삼십 년이 지나 시인이라는 생각이 얼핏 들었다. 그 생각이 궁금하여 눈을 맞으며 걷고 있다.

빛깔과 향기 무게까지도 잘 익은 풀 섶에 가려져 보이지 않던 늙은 열매 같은 것, 얼핏 생각이 났을 뿐 여전히 그 까닭을 모른 채 갈대밭 오솔길을 한 바퀴 돌고 나는 까닭도 없이 외로워져 모밀 집 의자에 앉아 있다.

밖에는 여전히 눈이 내리고 판모밀 한 판을 시켜놓고 바이런을 읽던 밤을 생각하며 바깥 풍경을 바라보고 있다.

인생삼락

어릴 적 놀이가 늘그막에까지 이어져 산과 들 쏘다니
며 원시의 아이처럼 사는 것이 첫번째 즐거움이요.

노래하는 방법을 익혀 지나가는 생각 붙잡아 생명을
불어넣는 것이 두번째 즐거움이요.

선친과는 오래 소원하였으나 그 결핍으로 인한 것
이 나를 받쳐주어 숨어 있던 이치를 그로써 또 깨우치게
되었으니 세 번째 즐거움이라.

이로써 많은 시간 영글어 넉넉하고 새소리 물소리, 풀
벌레 소리 들려오니 즐거움일세.

태초의 아버지

세파에 깎여
모서리가 날카로워진 아버지가 아니라
본질로서의
당위로서의
아버지를 생각하며 연미사를 신청한다.
갈기갈기 속이 찢어진 아버지가 아니라
태초의 아버지
사명을 부여받고 지상으로 추방된
아담의 후예로서의 아버지를 위하여 제물을 올린다.
세파에 찌들어 굽어지고 뒤틀린
고유명사로서의 아버지가 아니라
온전한 모습을 갖춘
보통명사로서의
온 세상에 편재하는 보편으로서의
원초적 부성으로서의
불변으로서의, 우주생성의 근원으로서의
아버지를 생각하며.

벌레

나는 가끔
벌레 나는 벌레
입속말을 한다.

벌레로 인해
마음이 편안해진다.

아무런 자존심도
우월감도 없는 벌레

다 내려놓고
혼자 고요해지고 싶을 때
벌레 나는 벌레 한다.

낮아지고 있다

높아지는 빌딩 옆에서
기와집들이 낮아지고 있다.
종탑도 십자가도
주민 센터도 태극기도 낮아지고 있다.
고궁도 납작 엎드려
낮아지는데 익숙해지고 있다.
옹기종기 모여서 장기를 두는 사람들 옆에서
다닥다닥 붙은 간판들 옆에서
빌딩들이 높아지는데 혈안이 되고 있다.
우뚝 솟은 고층아파트 옆에서
뒷동산도 초등학교도 낮아지고 있다.
미루나무도 까치집도 낮아지고 있다.
낮아지면서 제 높이를 지키려고 안간힘을 쓰고 있다.
멱을 감던 웅덩이가
아파트 단지 속에서 물보라를 일으키고 있다.
시냇물과 참깨 밭
코스모스와 논두렁이
모두 아파트를 바라보고 있다.
고향에 오면 사람들은 제일 먼저
고층 아파트를 올려다본다.

도시의 숲

연둣빛 날개가 퍼덕이고 있다.
햇빛과 바람의 길을 내며
이제 곧 푸르게 날아오를 것이다.
보도블록이
솟구치지 않도록
조심스럽게 뿌리를 내리며
빌딩들 사이에서 일제히 날아오를 것이다.
꽃을 피워야 할 때 꽃을 피우고
그늘을 드리워야 할 때 그늘을 드리우며
집성촌을 이루어
질서 있게 살고 있다.
대도시도 나무들의 도시라는 걸 관철시키며
붐비는 상가
북적대는 인파 옆에서
어린 동생을 달래는 누나처럼
칭얼대는 사람들을 다독이는 나무들을 보면
이 도시가
사람들의 도시일 뿐만 아니라
오랜 나무들의 도시라는 걸 또 알게 된다.

4부

새의 장례식

지난밤 강추위에 새는 죽었다. 오일장으로 장례를 치르기로 하고 매장을 할까 화장을 할까 궁리하다가 양지바른 풀밭에 풍장을 치르기로 했다.

시신을 염습하고 입관식을 마친 후 장지로 향했다. 시절도 모르고 비명횡사한 초록빛 앵무. 잎들은 돋아나기 시작하고 봄볕 환한 풀밭으로 바람이 불고 있었다. 영구차를 몰아 장지에 도착, 사잣밥을 뿌리고 마른 풀 섶에 시신을 눕혔다. 먼 데서 구름이 만장처럼 펄럭이고 참새 몇 마리 조문을 다녀간 후 장례식은 끝났다. 새는 죽었지만 그 비상은 죽지 않았다.

삼우제에 갔을 때 새는 온데간데없고 비에 젖은 날개가 바람에 마르고 있었다.

한 노인

내게도 애비가 있어 종아리를 치고 못된 버르장머리를 몽둥이로 잡았을지라도 그런 애비가 곁에 있었더라면 나의 정원에도 꽃이 피고 벌 나비도 날아들었을 텐데.

장지문 구멍으로 세상을 보며 살구꽃이 피는지 보리 이삭이 패는지 분간 못 하고 우유부단한 세월을 살아온 노인 무엇이 저 노인의 시야에서 나를 지웠을까 멀쩡한 노인의 두 눈에 내가 왜 풀 한 포기 나지 않는 사막으로 보였을까.

지난 밤 기이한 꿈에 잠을 깼네 비옥한 문전옥답을 바라보듯 멀리서 나를 바라보던 한 노인 천국의 환한 동산을 보듯 물끄러미 나를 바라보던 백발의 노인 꽃밭같이 환한 세상을 하염없이 바라보던 낯익은 노인.

보름달

초등학교 동창 모임에 가서 따끈따끈한 신작 시집을
나누어 주었다. 금의환향을 나누어 준 것이 아니고 치열
했던 산전수전과 그 패전의 기록을 선물한 것이다.

평생을 순박하게 농사짓는 친구들에게 늘그막에 시집
이 무슨 소용이 있겠느냐만 심심할 때 한 번 읽어보라
고 기부금처럼 내놓은 것이다.

뜻밖에 동창생의 시집을 쥐게 된 친구들은 어떻게 저
물건을 처분해야 할지 걱정하는 빛이 역력했다. 반장과
시집의 상관관계를 따져보며 고개를 갸우뚱하기도 했
다.

피사리를 하듯 시가 자라난 마음 밭을 살피며 옛날에
괜히 반장으로 뽑아줬다고 후회하는 것도 같았다. 반장
도 별 거 아니네 하고 팽개치는 것 같았다.

시의원이라도 되지 못하고 기껏 시인이나 되었다는 걸
나는 사과하고 싶었고 친구들은 용서한다는 듯 너그럽

게 술을 권했다. 주거니 받거니 술잔이 오가고 얼굴에 철판이 깔리기 시작하면서 사과도 용서도 다 없어지고 술판만 남긴 했지만,

그날, 얼큰하게 술에 취해 돌아오면서 친구들이 나를 고향 밖으로 쫓아내지나 않을지 자꾸 내가 고향에 굴러 들어온 돌 같다는 생각을 했다.

그렇지 않다는 걸 보여주기 위해서 나도 백석처럼 좋은 시를 써야겠다고 다짐하며 풀 섶에 오줌을 누고 있는데, 환한 보름달이 빙그레 날 내려다보고 있었다.

할머니의 옛날얘기

할머니는 마늘을 까고 있었다.
식탁 한 쪽엔 성경 쓰기 공책이 십여 권 쌓였다.

명절은 어디서 쇠세요 할머니?
장조카가 큰댁으로 오라 해서 가지요.
남편 제사 땐 장조카가 빼놓지 않고 온다우.

내가 죽으면 누가 아들에게 김장을 담가주겠느냐며
열심히 마늘을 까고 있는 할머니
친정 할아버지가 학자였다며 글 배우던 옛날얘기가 정
겹다.

작은 어머니 저희 집으로 오세요.
작은아버지 상 하나 더 차리지 뭐.

명절에 함께 차례를 지내자며 건넸다는
장조카의 한 마디가 내 귀에도 정겹다.

선연하게 떠오르는 고향집 풍경.

74

대가족이 모여 시끌벅적하던 때가 엊그제 같은데

할머니의 옛날얘기가 좋아
마늘 까는 할머니 손길을 한참동안 더 바라보았다.
따사로운 옛날얘기를 할머니는
실타래를 풀듯 한참을 더 풀어내고 있었다.

군자란

공업학교에서 담임을 맡고 있을 무렵 겨울방학을 맞아 빈 교실을 둘러보고 있을 때 작은 화분 하나가 창가에서 떨고 있었다. 혹한에 얼어 죽지나 않을까 화분은 그날 우리 집으로 왔다. 다섯 번 이사를 하면서도 이삿짐 한 모퉁이에 화분은 실렸다. 해마다 이월이면 꽃대를 밀어 올리는 봄의 전령사 정년퇴직을 한 지도 여러 해 지금도 화분은 우리 집 베란다에 놓여 있다. 삶의 여정을 함께 하면서 춥고 배고팠던 그해 겨울을 기억이라도 하는 걸까 군자란은 올봄에도 환하게 꽃을 피웠다.

방치된 슬픔

꽃송이에게도 사과를 해야
바람은 감미롭고 햇빛은 화창하다.
산새에게도 오해를 풀어줘야
동산이 평온하고 새소리도 정겹다.
산새가 노래를 멈추고
하염없이 꽃이 떨어지면
돌밭을 굴러가는 수레처럼
시간은 덜컹거린다.
방치된 슬픔을
하늘에게만 맡겨서는 안 된다.
사람이 나서지 않으면 하늘도 돕지 않는다.

솔밭 사이로

　삼십 년 전 가을 솔밭 사이로, 오늘 다시 그 솔밭 사이로 옆을 지나간다. 주인은 이제 아들딸 출가시키고 늙었을 것이다. 솔밭 사이로와 함께 애환을 달래며 얼굴엔 주름살이 파도처럼 출렁일 것이다. 솔밭 사이로와 함께 지나온 세월 뒤돌아보며 험난한 세월을 살아왔다고 긴 솔밭 사이로 발걸음을 옮길 것이다. 묵묵히 저녁노을 바라보기도 할 것이다. 성큼 다가선 초가을의 길목, 솔밭 사이로 옆을 지나며 삼십 년 전 그 솔밭 사이로가 환한 한 폭의 그림처럼 걸려있는 걸 바라보다가 점점 붉어지는 저녁바다에 넋을 잃고 빠져들다가.

황홀한 선물

구름은 연보라빛이었고
밤새도록 별은 머리맡에서 빛났다.
주위엔 봄이 또는
쑥부쟁이가 꽃을 피웠고
폭설이 내리거나 장마가 범람하기도 했다.
아무도 따져 물을 겨를이 없었고
멀리서 그분의 목소리가 들려오기도 했다.
시간이 지난 후에도
지천으로 피어 있는
꽃송이들, 현란했던 노래 혹은 햇살들.
아카시아 향기와 함께 피었던
황홀한 이승의 선물.

일용할 양식

운명하기 전
큰아들이
부친의 의중을 궁금해 하자
구십 노인은 곰곰 생각하다가 도장을 찍었다.

너의 엄마는 조강지처
너의 엄마는 후처
옆에는 이복동생이 앉아 있었다.

내가 사생아가 아니라
조강지처 아들임이 입증되는 순간이었다.
노인의 길이
먼 옛날로 위태롭게 뻗어 있었다.

이젠 걱정 없다.
곳간에 양식을 비축했으니까.
넉넉한 재산을 물려받았으니까.

엄마

젖을 물려 배고픈 나를 배불리 먹이던
군불 지펴 따뜻하게 방을 덥히던
우등상을 탔다고 동네방네 자랑하던 엄마가 있었소.

한평생 시앗보고 살면서도
나를 버리지 않고 길러준
객지의 지아비 오래오래 건강하라고
촛불 앞에 기도하던 바보 같은 엄마가 있었소.

중환자실에 누워서도
가야 할 먼 길 앞에 놓고도
자식 걱정 먼저 하던
꽃같이 환한 엄마가 있었소.

닿아 있다

고요하고 희미한 먼 불빛에 나는 닿아 있다.

방패연과 얼레 목화밭과 가을 햇살 할아버지 할머니의
먼 그 시공에 나는 닿아 있다.

종달새는 새벽안개 속에서 노래하고 식음을 전폐하고
사경을 헤맬 때도 어머니는 기도에 닿아 있었다.

많은 것이 나에게 닿았다가 떨어졌지만 한결같이 닿아
있는 것이 있다.

산새 둥지 같은 것 수수밭에 내리던 저녁노을 같은 것
처음부터 끝까지 변함없이 나에게 닿아 있는 것이 있다.

위령미사

아버지 기일에 위령미사를 넣었다.
崔基天 요셉
孔貞俊 데레사
나란히 성함과 본명을 써서 신청했다.

위령미사에 참석하고 나오는데
아내가 한마디 한다.
두 분이 만나 행복하게 사셨으면 좋겠네.

하늘나라엔 시집가고
장가가는 일이 없다는데
싱겁게 대꾸하고 덧붙인다,
하긴, 그래 그럼 좋지.

가까이에 있다

멀고 먼 낯선 하늘 꼭대기
땅속 깊이 어디쯤 있는 것이 아니야.
태어나고 자란 고향 언저리이거나
이웃과 함께 살던 시장모퉁이
함께 걷던 들꽃 핀 어디쯤 있을 거야.
지옥이라 해도 그건 마찬가지야.
돌 던지면 닿을 곳
문 하나 열면 천국 나오면 지옥인 거야.
어울려 지내던 사람들 사이
티격태격 다투던 가족들 사이
하루에도 몇 번씩 오가며 지내는 거야.
한 송이 꽃에도
꽃잎 하나는 암흑 꽃잎 하나는 광명인 거야.
천사들의 나팔소리
활활 타오르는 지옥불 같은 것도
손 내밀면 닿을 곳에 있는 거야.
특별한 사람만 천국에 가고 지옥에 가는 게 아니야.
매일 아침 세수하고 밥 먹듯이
하루는 천국 하루는 지옥을 오가며 사는 거야.

죽어서도 그건 마찬가지야.
세상 하고는 상관 없는
먼 곳 어딘가에
천국 따로 지옥 따로 있는 건 아니야.

온유하면 되는 것이다

사람이 죽어도 얼른 죽는 게 아니다.
죽지도 않았는데 결박하고 관에 넣어
화장로 속으로 밀어 넣으니 통곡이 나오는 것이다.
너무 보고 싶어서
너무 미안해서
죽은 사람을 계속 살려내고 있는 것이다.
죽은 언니가 계속 살아 있기도 하고
죽은 할아버지와 오래 함께 살기도 하는 것이다.
삼우제가 지나고 사십구재가 되어도
일주기가 지나 이주기 삼주기가 되어도
죽지 않는 것이다.
죽은 사람 죽지 않고
살아서 올 때는
복사꽃 환한 봄길처럼 오지만
천사의 나팔소리처럼 평화롭게 오기도 하지만
회오리바람이나
악몽처럼 올 때도 있다.
그런 악몽이 다가와 왼쪽 뺨을 때리면
오른쪽 뺨까지 내놓으면 되는 것이다.

오래 참고 온유하면 되는 것이다.
그러면 고요하고 다시 평온해지는 것이다.
회오리바람도 아득한
수평선 너머로 가서 노을빛이 되는 것이다.

일부

제복을 입은 사람
제복은 그의 일부다.
사람들은 멀리서도 그를 알아본다.

명품이 그녀의 일부가 되고
계급이 그의 일부가 되었다.

그렇긴 해도
어디까지나 일부다.
그의 전부는 보이지 않는 곳에 있다.

소박하고 명쾌한 사랑의 시학
— 최일화의 시 세계

권　　온(문학평론가)

1.

　　1985년 시집 『우리 사랑이 성숙하는 날까지』를 간행하면서 시단詩壇에 등장한 최일화 시인이 우리에게 열 번째 시집을 제출한다. 그는 2013년 인천문학상을 수상하면서 문단文壇의 주목을 끌기도 했으나, 시인에게는 아직도 보여줄 게 많이 남아있다. 최일화의 이번 시집은 한국시의 새로운 가능성, 현대시의 긍정적인 방향성을 극대화한다. 그는 쉬우면서도 단순하지 않은 시, 소박하면서도 명쾌한 시를 내세움으로써 한국시의 외연을 확장하고, 현대시의 깊이를 심화한다. 이제 그 실체를 확인해야 할 시간이다.

2.

열세 살 적에 할아버지는 돌아가셨다.
할아버지 손을 잡고 입학해 나는 일 학년이 되었다.
보답으로 졸업식 때 군수상을 타 궤연几筵에 올려드렸다.

손녀딸을 데리고 마실을 다니던 어머니
손녀딸 졸업식 때 손녀딸과 함께 마지막 사진을 찍으셨다.
튼튼한 증손주를 낳아 딸은 할머니 은혜에 보답했다.

열세 살 적 눈으로 내가 할아버지를 보아왔듯이
열세 살 적 마음으로 딸은 할머니를 기억할 것이다.

열세 살 적 마음 그 마음은
기도하지 않아도 기도하는 마음
노래하지 않아도 언제나 노래하는 마음.

— 「열세 살」 전문

　　이 시의 제목이기도 한 '열세 살'은 작품의 중추를 담
당한다. 이 시에서 '열세 살'이라는 표현은 제목을 포함
해서 5회 출현함으로써 강렬한 존재감을 과시한다. '열
세 살'은 할아버지가 돌아가셨던 때이고, 어머니가 "손녀
딸 졸업식 때 손녀딸과 함께 마지막 사진을 찍으셨"던
시기이다. 시의 화자 '나'는 할아버지의 손을 잡고 '입학'
했고, '나'의 '딸' 곧 '손녀딸'은 할머니와 함께 '졸업식' 사

진을 찍었다. '열세 살'의 '나'는 '할아버지'를 생각하면서, '열세 살'의 '딸'은 할머니를 기억하면서 평생 살아가게 된다.

'열세 살'은 특별한 순간이자 시간이다. 그것은 처음과 끝이 만나고, 생성과 소멸이 조우하는 생生의 광장이다. 최일화에 따르면 '열세 살'의 마음은 "기도하지 않아도 기도하는 마음"이고 "노래하지 않아도 언제나 노래하는 마음"이다. 시인은 독자들에게 '열세 살'의 마음이 필요하다고, 순수純粹로 가득했던 그때 그 마음이 있어야 한다고 말한다. 이를 '시인의 말'에 언급된 '아름다움'과 '진실'로 이해해도 큰 무리는 없을 것이다.

인도 카주라호 지방을 여행하다가
한 인도 아이를 만났어요.
그는 우리를 나쁜 가게로 이끌었어요.
저기 나쁜 가게 있어요.
우리 나쁜 가게로 가요, 빨리 가요.
바가지를 씌우는 가게를 골탕먹이려고
누군가 그 아이에게 한국말을 가르쳐줬나 봐요.
우리는 그 아이를 피해서
다른 가게로 갔어요.
나쁜 가게로 가자며 자꾸 졸라댔지만
아무도 그를 따라 가지 않았어요.
바가지를 씌우다가 큰코다친
카주라호의 나쁜 가게

좋은 가게라고 가르쳐주고 싶었지만

가르쳐주지 않았어요.

마음이 아팠지만 가르쳐주지 않았어요.

                – 「나쁜 가게」 전문

  현대시의 대표적인 속성 중 하나는 난해성難解性인데, 이는 시의 매력을 증폭하는 역할을 담당하는 동시에 시의 이해를 방해하는 훼방꾼이 되기도 한다. 최일화의 시 「나쁜 가게」는 난해성이 없어도 좋은 시가 될 수 있음을 입증한다. '해요체'를 기반으로 하여 전개되는 이 작품은 쉽다. 한국어를 해독解讀할 수 있는 기본적인 능력이 있는 이라면 누구나 이 시를 이해할 수 있다.

  인도 카주라호 지방을 여행하는 '우리' 앞에 나타난 한 인도 아이는 '나쁜 가게'로 일행을 이끈다. 그 아이가 말하고 싶었던 표현은 '좋은 가게'였을 테지만, 그 가게는 "바가지를 씌우는 가게"였기에, 아이가 배운 단어는 '나쁜 가게'가 되었을 것이라고 '우리'는 추정한다. "저기 나쁜 가게 있어요. / 우리 나쁜 가게로 가요, 빨리 가요."라는 아이의 구어口語는 생생한 현장감을 전달한다. '반복'과 '변주'의 형식으로 전개되는 아이의 입말은 리듬감을 제대로 살리면서 전개된다는 점에서 살아있다.

  최일화의 이 작품은 쉽지만 단순하지 않다. 시인의 시는 살아있는 교훈을 전달한다는 점에서 부정적인 관점에서의 난해성을 극복할 수 있는 가능성을 보여준다. 현

대시가 나아가야 할 긍정적인 방향성을 제시한다는 점
에 이 시의 가치가 있다.

> 이승의 삶을 정리하는 망백의 아버지
> 겨울 잠바를 내게 주었다.
> 멋을 내며 입고 다녔을 검정색 잠바.
> 추운 어깨에 함박눈이 쌓이고
> 국밥집 난로 옆에서 불을 쬐기도 했을,
> 단추가 잘못 끼워진 잠바를 입고
> 삐뚜름한 궤적을 그리며 살아온 일생.
> 편안하게 우주의 중심에 잠 이루지 못하고
> 길 잃은 철새처럼
> 객지를 떠돌며 뒤척였을 한데 잠.
> 따뜻하게 겨울을 나라고
> 반듯하게 단추를 끼우고 세상을 살라고
> 당신이 입던 잠바를 회한처럼 건넨 아버지.
> 자꾸 마음이 시려오는 초겨울
> 유행 지난 아버지의 겨울 잠바를 입고
> 지난했던 한 생애의 궤적을 잠시 따라가 본다.
>   ─「아버지의 잠바」 전문

'망백望百'의 아버지 곧 "이승의 삶을 정리하는 아버지"
는 시의 화자 '나'에게 자신이 입던 '잠바'를 주었다. '점
퍼jumper'라고도 불리는 '잠바'를 바라보며 '나'는 깊은 상
념에 잠긴다. '아버지의 잠바'는 단순한 사물 곧 보통명

사가 아니다. 그것은 아버지의 '잠'과 '일생'과 '회한'을 담고 있는 고유명사이다.

아버지의 '검정색 잠바'는 '함박눈'이나 '난롯불'과 부대끼며 '객지'를 떠돈, 유행이 지나고 색이 바랜 오래된 잠바이다. '나'가 생각하기에 '삐뚜름한 궤적'으로 전개된 아버지의 삶은 지난한 일들로 그득했다. 언젠가 아버지가 이 세상과 이별하게 되면, 그가 입던 잠바를 바라보는 '나'의 눈길은 더욱 그윽한 단계에 도달할 것이다. 아버지와 아들의 관계, 부모와 자식의 사이는 사랑으로 맺어진 결연이기 때문이다.

늘 있던 그 자리에
그의 약속이 있는 줄 알았다.
바람이 불고 눈비가 내려도
가뭄이 들고 홍수가 나도
늘 그 자리에 그의 맹세가 있는 줄 알았다.
천 년 만 년 세월이 흘러도
해가 뜨고 달이 밝은 그 자리에
그의 언어가 옛날의 빛깔로 있을 줄 알았다.
푸르렀던 그의 사상이
멀리 떠나가지 않고
푸른 산을 배경으로 거기 그대로 있을 줄 알았다.
오랜 장마에도 끄떡없던 그의 노래
강풍이 몰아치고 흙먼지 날려도
언제나 들녘을 가로질러 들려올 줄 알았다.

창가에 앉아 옛날의 노래를 부른다.
검은 구름이 하늘을 덮고
온 세상이 어둠에 잠길 때도
산을 넘고 강을 건너
그의 노래 언제나 들려 올 줄 알았다.

－「그의 노래」 전문

　이 시는 '그'에 관한 다양한 관점을 제시한다. 그의 '약속'과 '맹세'와 '언어', 그의 '사상'과 '노래'는 그에 관한 거의 모든 것을 담고 있다. 이 작품의 개성은 '~있는(있을, 올) 줄 았았다'라는 서술부의 반복과 무관한 것이 아니다. 이 시에서 그의 '약속'과 '맹세'는 '~있는 줄 알았다'와 결합하고, 그의 '언어'와 '사상'은 '~있을 줄 알았다'와 연결된다. 특히 작품의 제목이기도 한 그의 '노래'는 '~올 줄 알았다'와 강하게 결속한다.

　'그'를 둘러싼 다섯 개의 덕목이 소중하게 떠오르는 까닭은 그것들이 '존재存在'에서 '부재不在'로 이동하고 있기 때문이다. "늘 있던 그 자리" "늘 그 자리" "옛날의 빛깔" "거기 그대로" "언제나" "옛날의 노래" 등의 표현은 다섯 가지 덕목의 '존재성'을 환기한다. 안타까운 사실은 다섯 개의 덕목이 '부재'의 상태로 전환된다는 점이다. "~있는 줄 알았다" "~있을 줄 알았다" "~올 줄 알았다"는 일련의 발언은 '현재는 과거와는 다르다' 곧 '알았다'가 아닌 '아니다'로 귀결된다.

'그'의 자리에 '아버지' 또는 '어머니'라는 이름을 새겨 넣는 일은 자연스럽다. '자식'은 '부모'가 늘 자신의 곁에, 언제나 그 자리에 있을 것으로 생각하지만 그렇지 않다. 이 시에 제시되는 '바람'이 불고 '눈비'가 내리고 '가뭄'이 들고 '홍수'가 나고 '강풍'이 몰아치고 '흙먼지'가 날리는 일련의 자연 현상은 불가역적인 현상으로서 시간과 세월의 흐름을 보여주는 대목이다. 독자들은 최일화의 이 작품을 읽으며 우리네 삶이 생각보다 짧고, 부모는 자식을 기다려주지 않는다는 자명한 진리를 깨닫는다.

    한 사무실로 지인을 찾아갔는데
    시인도 이런 델 다 오십니까 인사를 하더란다.
    나중에 그 인사말이 떠올라
    그럼, 하루에 몇 번씩 화장실도 가는데, 혼잣말을 했다
던가.
    고인이 된 한 원로시인의 농이었다.

    밥벌이와 시는 상극이지만
    시는 상극에서 태어난다.
    시인들의 세상이 아닌 이 세상에서
    가난과 울분이 삶을 괴롭힐 때라도
    모든 것이 자기의 것인 양 시인은 시를 쓴다.

    세상과 어울리면 시가 반발하고
    시와 어울리면 세상에게 조롱당하는 이율배반

세상의 한가운데에서 시는 태어난다.
시의 밭에서 밥벌이를 하고
밥벌이의 진흙탕 속에서 연꽃을 피워낸다.
　　　　　　　 －「시인도 이런 델 다 오십니까」 전문

　시란 무엇인가? 시인은 누구인가? 이 시는 이런 근원적인 질문을 제기한다. "시인도 이런 델 다 오십니까"라는 인사를 받는 시인의 심경은 유쾌한 것이 아닐 테다. 그러한 인사에는 '이런 데'는 시인이 와서는 안 되는 장소, 시인과는 잘 어울리지 않는 공간이라는 견해가 담겨 있기 때문이다.

　이 작품에서 이야기하는 '이런 데' 또는 '사무실'은 '밥벌이'와 관련된다. 우리는 시인이 시인이기 이전에 근원적으로 인간이라는 점을 기억해야만 한다. 대다수의 사람이 밥벌이를 위해서 노력하는 것처럼 시인 역시 생계를 유지하기 위해서 분투한다.

　최일화 시인에 따르면 '시'는 '밥벌이'와 상극이지만, 바로 그 상극인 '밥벌이'에서 태어난다. '밥벌이'는 '세상의 한 가운데'이자 '삶의 중심'이기 때문이다. '진흙탕'에서 '연꽃'이 피어나듯이, '밥벌이'에서 '시'가 탄생한다는 논리는 삶의 진실인 동시에 시의 진실이다. '속俗'과 '성聖'의 합일이 이렇게 완성되는 것이다.

　온종일 모르는 사람과 산다.
　낯선 사람과 나란히 버스에 앉아 털털거리고

모르는 사람과 마트에서 토마토를 고른다.
초등학교 친구들은 먼 곳에 살고 전방부대 전우는 연락
이 끊겼다.
함께 연을 날리던 어릴 적 친구나
날고구마 같이 깎아 먹던 이웃사촌은 소식을 모른다.
날마다 사람을 만나 같이 점심을 먹고
낯익은 사람처럼 잠시 수다를 떨지만
금세 우리는 모르는 사람이 된다.
세탁소 아저씨와 얘기를 주고받고
동네 이발사와 잠시 세상을 욕하다가도
금세 모르는 사람이 된다.
의사와 환자로 잠시 아는 사이 되었다가
간호사와 환자로 한가족처럼 지내다가
퇴원하자마자 금세 모르는 사람이 된다.
가까이 지내던 사람도 낯선 사람 되고
술을 먹으며 허물없던 사람도 어느새 모르는 사람이 된다.
낯선 세상이 점점 익숙한 세상 되었다가
익숙했던 세상이 다시 낯선 세상 된다.

　　　　　　　　　　　　　－「모르는 사람끼리」 전문

　이 시는 현대인의 초상肖像을 보여준다. 동사 '알다'와
'모르다' 사이에서, 형용사 '익숙하다'와 '낯설다' 사이에
서 끊임없이 진동하는 당신과 나의 이야기가 여기에 있
다. 우리는 "낯선 사람과 나란히 버스에 앉아 털털거리
고/ 모르는 사람과 마트에서 토마토를 고른다." 반면 우

리는 "초등학교 친구들"이나 "전방부대 전우" "함께 연을 날리던 어릴 적 친구"나 "날고구마 같이 깎아 먹던 이웃사촌"과는 단절되어 있다.

현대인의 일상을 포위한 것은 동사 '모르다'와 형용사 '낯설다'이다. 우리 주변에는 '모르는' 사람과 '낯선' 사람이 가득할 뿐이다. 우리에게는 동사 '알다'와 형용사 '익숙하다'에서 발원하는 '아는' 사람, '익숙한' 사람, '낯익은' 사람과 교류할 시간이 부족하다. 이 시대는 사람과 사람 사이의 진정한 관계가 단절된 시대이다. '모르는 사람끼리' 살아가는 현대인은 소외감을 느끼기 쉽다. 이 시는 내심을 드러낼 수 있는 가족, 친구, 동료를 찾기가 점점 어려워지는 현대의 핵심을 적확하게 포착했다. 당신과 나에게는 '아는' 사람과 '익숙한' 세상을 위한 사랑의 시간이 필요하다.

첫 시집을 낸지 삼십 년이 지나 시인이라는 생각이 얼핏 들었다. 그 생각이 궁금하여 눈을 맞으며 걷고 있다.

빛깔과 향기 무게까지도 잘 익은 풀 섶에 가려져 보이지 않던 늙은 열매 같은 것, 얼핏 생각이 났을 뿐 여전히 그 까닭을 모른 채 갈대밭 오솔길을 한 바퀴 돌고 나는 까닭도 없이 외로워져 모밀 집 의자에 앉아 있다.

밖에는 여전히 눈이 내리고 판모밀 한 판을 시켜놓고 바이런을 읽던 밤을 생각하며 바깥 풍경을 바라보고 있다.
— 「판모밀」 전문

'과거'와 '현재'라는 시제時制의 차이가 작품의 긴요한 뼈대를 이루는 시이다. 1985년에 '첫 시집'을 낸 최일화는 30년이 지난 2015년이 되어서야 스스로를 '시인'으로 생각하게 된다. "시인이라는 생각이 얼핏 들었다"라는 표현에는 시인의 겸손한 품성이 담겨있다.

'그 생각' 곧 자신이 시인이라는 생각을 하며 시의 화자 '나' 또는 최일화는 '현재' "눈을 맞으며 걷고 있다" 더불어 "나는 까닭도 없이 외로워져 모밀 집 의자에 앉아있다" 그리고 "바깥 풍경을 바라보고 있다" 곧 '걷고 있다' '앉아 있다' '바라보고 있다' 등 일련의 동사는 현재의 행동을 보여준다.

한편 '그 생각'은 "늙은 열매 같은 것"이나 "바이런을 읽던 밤" 같은 과거를 향한 다른 생각들을 불러온다. 특히 3연에 제시된 어구인 "밖에는 여전히 눈이 내리고"는 '현재'의 지속성 또는 영원성을 암시하는 발언이면서 '현재'와 '과거'가 하나 되고, '행동'과 '생각'이 일치하는 시적인 고양의 순간을 완성한다. 이 시의 앞뒤를 감싸는 '눈'은 백석의 시 「나와 나타샤와 흰 당나귀」를 연상시키며 이 작품을 낭만성의 세계로 인도한다.

초등학교 동창 모임에 가서 따끈따끈한 신작 시집을 나누어 주었다. 금의환향을 나누어 준 것이 아니고 치열했던 산전수전과 그 패전의 기록을 선물한 것이다.

평생을 순박하게 농사짓는 친구들에게 늘그막에 시집이 무슨 소용이 있겠느냐만 심심할 때 한 번 읽어보라고 기부금처럼 내놓은 것이다.

뜻밖에 동창생의 시집을 쥐게 된 친구들은 어떻게 저 물건을 처분해야 할지 걱정하는 빛이 역력했다. 반장과 시집의 상관관계를 따져보며 고개를 갸우뚱하기도 했다.

피사리를 하듯 시가 자라난 마음 밭을 살피며 옛날에 괜히 반장으로 뽑아줬다고 후회하는 것도 같았다. 반장도 별거 아니네 하고 팽개치는 것 같았다.

시의원이라도 되지 못하고 기껏 시인이나 되었다는 걸 나는 사과하고 싶었고 친구들은 용서한다는 듯 너그럽게 술을 권했다. 주거니 받거니 술잔이 오가고 얼굴에 철판이 깔리기 시작하면서 사과도 용서도 다 없어지고 술판만 남긴 했지만,

그날, 얼큰하게 술에 취해 돌아오면서 친구들이 나를 고향 밖으로 쫓아내지나 않을지 자꾸 내가 고향에 굴러들어온 돌 같다는 생각을 했다.

그렇지 않다는 걸 보여주기 위해서 나도 백석처럼 좋은 시를 써야겠다고 다짐하며 풀 섶에 오줌을 누고 있는데, 환한 보름달이 빙그레 날 내려다보고 있었다.

— 「보름달」 전문

앞에서 살핀 시 「시인도 이런 델 다 오십니까」와 같은 계열을 형성하는 작품이다. 시의 화자 '나'는 초등학교 동창 모임에 가서 시집을 나누어 준다. 학교 다닐 때 반장을 했던 '나'의 시집을 받은 친구들의 반응은 신통찮다. 친구들의 반응이 시원치 않은 까닭은 '시'가 '밥벌이'가 되지 못하기 때문일 테다. 친구들은 '시의원'이 되어 금의환향할 줄 알았던 반장이 기껏 '시인'이 되어 시집을, "치열했던 산전수전과 그 패전의 기록"을 나누어 준다는 사실이 마뜩잖은 것이다.

'나'는 친구들의 '걱정하는 (눈)빛'과 '갸우뚱하는 고개'와 "별 거 아니네 하고 팽개치는 것" 같은 반응을 담담하게 수용하면서 "내가 고향에 (잘못) 굴러들어온 돌 같다는 생각을" 하기도 한다. 하지만 긍정성을 지향하는 최일화 시인은 환한 보름달을 바라보면서 "나도 백석처럼 좋은 시를 써야겠다고 다짐"한다. 그리하여 어쩌면 그는 이미 백석처럼 좋은 시를 쓰고 있는지도 모른다.

제복을 입은 사람
제복은 그의 일부다.

사람들은 멀리서도 그를 알아본다.

명품이 그녀의 일부가 되고
계급이 그의 일부가 되었다.

그렇긴 해도
어디까지나 일부다.
그의 전부는 보이지 않는 곳에 있다.

─「일부」 전문

언제부턴가 우리 주변의 시는 장황해졌다. 예외적인 경우가 있을 수 있지만, 시가 전달하려는 메시지는 대개 산문과는 달리 소박하면서도 명쾌해야 한다. 현대시의 상당수는 외형률이 사라졌지만, 그럼에도 불구하고 오늘날의 자유시와 산문시 역시 내재율을 갖추어야 한다는 것이 이 글의 판단이다.

최일화의 시 「일부」는 한국시가 나아가야 할 바른 길을 보여준다. '그' 또는 '그녀'는 '제복'과 '명품'과 '계급'으로 자신을 내세운다. 사람들은 제복과 명품과 계급으로 포장된 '그' 또는 '그녀'를 멀리서도 알아본다. 시인에 따르면 제복과 명품과 계급은 그들을 돋보이게 만들지만 그것들은 그들의 '일부'일 뿐이다.

사람들은 '그' 또는 '그녀'의 '일부'를, 그들의 '보이는 곳'을 바라볼 뿐이지만, 사실 그것은 그들의 '전부'가 아니다. 시인은 독자들에게 그들의 '전부'를 알기 위해서는 '보이지 않는 곳'을 파악해야 한다는 사실을 알려준다. 우리는 진정한 가치가 '외부'가 아닌 '내면'에 있음을 기억해야만 하는 것이다.

3.

최일화는 '순수'와 '아름다움'과 '진실'을 지향한다. 시인의 시는 난해성으로 무장한 현대시의 부정적인 국면과 과감하게 결별한다. 최일화는 독자들에게 쉽고 소박하고 명쾌한 시를 제시한다. 시인은 밥벌이의 소중함을 간과하지 않으면서도 시의 독자성을 옹호한다. 또한 물질적인 가치가 지배하는 현대 자본주의사회에서 시의 가치를 수호한다.

최일화의 시는 아버지와 아들, 할아버지와 손자, 할머니와 딸로 대변되는 가족의 소중함을 피력한다. 시력詩歷 30년에 이르러 비로소 시인이라는 자각을 하게 되었다는 그의 겸손한 고백은 우리를 숙연케 한다. 바라건대 최일화 시인이 펼치는 사랑의 시학이 앞으로도 더욱 넓고 깊게 나아가기를 기원한다.